駈込み訴え

太宰治＋ホノジロトヲジ

初出：「中央公論」1940年2月

太宰治

明治42年（1909年）青森県生まれ。小説家。1935年、「逆行」が第1回芥川賞の次席となり、翌年、第一創作集『晩年』を刊行。『斜陽』などで流行作家となるが、『人間失格』を残し玉川上水で入水自殺した。「乙女の本棚」シリーズでは本作のほかに、『待つ』、『女生徒』（以上、太宰治＋今井キラ）、『魚服記』（太宰治＋ねこ助）、『葉桜と魔笛』（太宰治＋紗久楽さわ）がある。

ホノジロトヲジ

2015年よりフリーのイラストレーターとして活動中。キャラクターデザイン、イラストなどを手がけている。著書に、『春の心臓』（イェイツ＋ホノジロトヲジ）、『人間椅子』（江戸川乱歩＋ホノジロトヲジ）、『死後の恋』（夢野久作＋ホノジロトヲジ）、『外科室』（泉鏡花＋ホノジロトヲジ）、『瓶詰地獄』（夢野久作＋ホノジロトヲジ）、『シキノメモリエ』、『しろしろじろ』がある。

申し上げます。申し上げます。旦那さま。あの人は、酷《ひど》い。酷い。はい。厭《いや》な奴です。悪い人です。ああ。我慢ならない。生かして置けねえ。

DUSTBOX

はい、はい。落ちついて申し上げます。あの人を、生かして置いてはなりません。世の中の仇《かたき》です。はい、何もかも、すっかり、全部、申し上げます。私は、あの人の居所《いどころ》を知っています。すぐに御案内申します。ずたずたに切りさいなんで、殺して下さい。あの人は、私の師です。主です。けれども私と同じ年です。三十四であります。私は、あの人よりたった二月《ふたつき》おそく生れただけなのです。たいした違いが無い筈《はず》だ。人と人との間に、そんなにひどい差別は無い筈だ。それなのに私はきょう迄《まで》あの人に、どれほど意地悪くこき使われて来たことか。どんなに嘲弄《ちょうろう》されて来たことか。ああ、もう、いやだ。堪えられるところ迄は、堪えて来たのだ。

怒る時に怒らなければ、人間の甲斐《かい》がありません。私は今まであの人を、どんなにこっそり庇《かば》ってあげたか。誰も、ご存じ無いのです。あの人ご自身だって、それに気がついていないのだ。いや、あの人は知っているのだ。ちゃんと知っています。知っているからこそ、尚更《なおさら》あの人は私を意地悪く軽蔑《けいべつ》するのだ。あの人は傲慢《ごうまん》だ。私から大きに世話を受けているので、それがご自身に口惜《くや》しいのだ。

あの人は、阿呆なくらいに自惚《うぬぼ》れ屋だ。私などから世話を受けている、ということを、何かご自身の、ひどい引目《ひけめ》ででもあるかのように思い込んでいなさるのです。あの人は、なんでもご自身で出来るかのように、ひとから見られたくてたまらないのだ。ばかな話だ。世の中はそんなものじゃ無いんだ。この世に暮して行くからには、どうしても誰かに、ぺこぺこ頭を下げなければいけないのだし、そうして歩一歩、苦労して人を抑えてゆくより他に仕様がないのだ。あの人に一体、何が出来ましょう。なんにも出来やしないのです。私から見れば青二才だ。

私がもし居らなかったらあの人は、もう、とうの昔、あの無能でとんまの弟子たちと、どこかの野原でのたれ死《じに》していたに違いない。「狐には穴あり、鳥には塒《ねぐら》、されども人の子には枕するところ無し」それ、それ、それ、それだ。ちゃんと白状していやがるのだ。ペテロに何が出来ますか。ヤコブ、ヨハネ、アンデレ、トマス、痴《こけ》の集り、ぞろぞろあの人について歩いて、脊筋が寒くなるような、甘ったるいお世辞を申し、天国だなんて馬鹿げたことを夢中で信じて熱狂し、その天国が近づいたなら、あいつらみんな右大臣、左大臣にでもなるつもりなのか、馬鹿な奴らだ。

その日のパンにも困っていて、私がやりくりしてあげないことには、みんな飢え死してしまうだけじゃないのか。私はあの人に説教させ、群集からこっそり賽銭《さいせん》を巻き上げ、また、村の物持ちから供物《くもつ》を取り立て、宿舎の世話から日常衣食の購求まで、煩《はん》をいとわず、してあげていたのに、あの人はもとより弟子の馬鹿どもまで、私に一言のお礼も言わない。お礼を言わぬどころか、あの人は、私のこんな隠れた日々の苦労をも知らぬ振りして、いつでも大変な贅沢《ぜいたく》を言い、五つのパンと魚が二つ在るきりの時でさえ、目前の大群集みなに食物を与えよ、などと無理難題を言いつけなさって、私は陰で実に苦しいやり繰りをして、どうやら、その命じられた食いものを、まあ、買い調えることが出来るのです。謂《い》わば、私はあの人の奇蹟の手伝いを、危い手品の助手を、これまで幾度となく勤めて来たのだ。

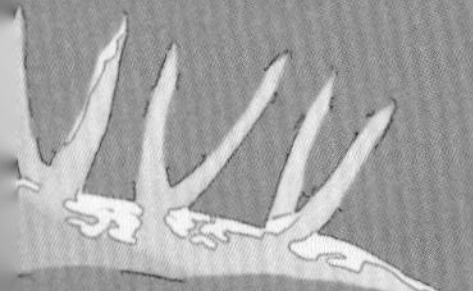

私はこう見えても、決して吝嗇《りんしょく》の男じゃ無い。
それどころか私は、よっぽど高い趣味家なの
です。私はあの人を、美しい人だと思っている。
私から見れば、子供のように慾《よく》が無く、私が日々
のパンを得るために、お金をせっせと貯《た》めたっ
ても、すぐにそれを一厘《りん》残さず、むだな事に使わ
せてしまって。けれども私は、それを恨みに思い
ません。あの人は美しい人なのだ。

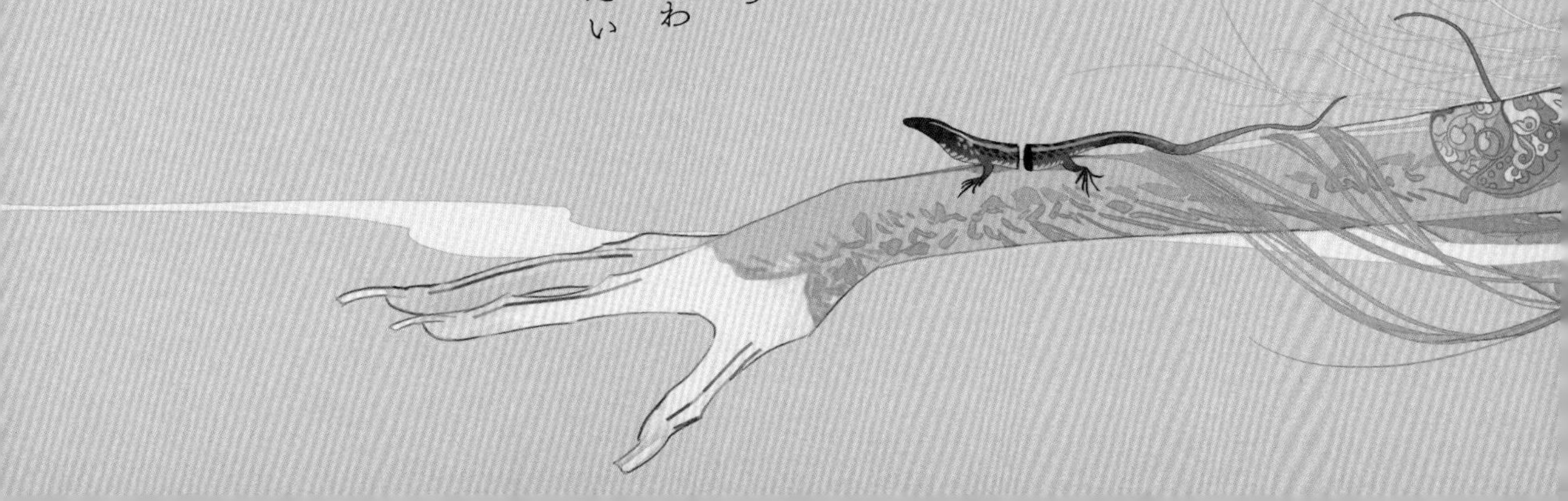

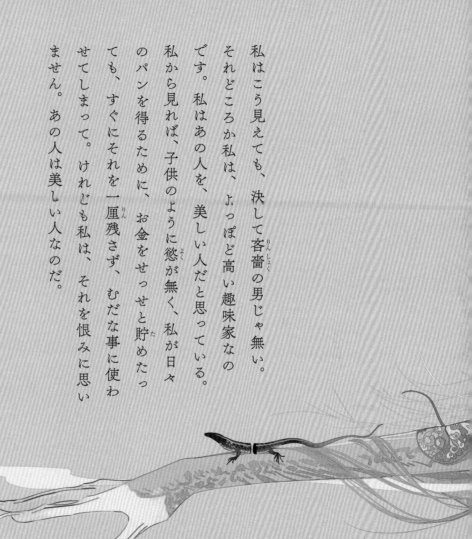

私は、もともと貧しい商人ではありますが、それでも精神家というものを理解していると思っています。だから、あの人が、私の辛苦して貯めて置いた粒々の小金を、どんなに馬鹿らしくむだ使いしても、私は、なんとも思いません。思いませんけれども、それならば、たまには私にも、優しい言葉の一つ位は掛けてくれてもよさそうなのに、あの人は、いつでも私に意地悪くしむけるのです。一度、あの人が、春の海辺をぶらぶら歩きながら、ふと、私の名を呼び、「おまえにも、お世話になるね。おまえの寂しさは、わかっている。けれども、そんなにいつも不機嫌な顔をしていては、いけない。寂しいときに、寂しそうな面容《おももち》をするのは、それは偽善者のすることなのだ。寂しさを人にわかって貰おうとして、ことさらに顔色を変えて見せているだけなのだ。まことに神を信じているならば、おまえは、寂しい時でも素知らぬ振りして顔を綺麗《きれい》に洗い、頭に膏《あぶら》を塗り、微笑《ほほえ》んでいなさるがよい。わからないかね。寂しさを、人にわかって貰わなくても、どこか眼に見えないところにいるお前の誠の父だけが、わかっていて下さったなら、それでよいではないか。そうではないかね。寂しさは、誰にだって在るのだよ」

そうおっしゃってくれて、私はそれを聞いてなぜだか声出して泣きたくなり、いいえ、私は天の父にわかって戴《いただ》かなくても、また世間の者に知られなくても、ただ、あなたお一人さえ、おわかりになっていて下さったら、それでもう、よいのです。私はあなたを愛しています。ほかの弟子たちが、どんなに深くあなたを愛していたって、それとは較《くら》べものにならないほどに愛しています。誰よりも愛しています。ペテロやヤコブたちは、ただ、あなたについて歩いて、何かいいこともあるかと、そればかりを考えているのです。けれども、私だけは知っています。あなたについて歩いたって、なんの得するところも無いということを知っています。それでいながら、私はあなたから離れることが出来ません。どうしたのでしょう。あなたが此《こ》の世にいなくなったら、私もすぐに死にます。生きていることが出来ません。私には、いつでも一人でこっそり考えていることが在るんです。それはあなたが、くだらない弟子たち全部から離れて、また天の父の御教えとやらを説かれることもお止《よ》しになり、つつましい民のひとりとして、お母のマリヤ様と、私と、それだけで静かな一生を、永く暮して行くことであります。

私の村には、まだ私の小さい家が残って在《お》ります。年老いた父も母も居ります。ずいぶん広い桃畠《ももばたけ》もあります。春、いまごろは、桃の花が咲いて見事であります。一生、安楽にお暮しできます。私がいつでもお傍について、御奉公申し上げたく思います。よい奥さまをおもらいなさいまし。そう私が言ったら、あの人は、薄くお笑いになり、「ペテロやシモンは漁人《すなどり》だ。美しい桃の畠も無い。ヤコブもヨハネも赤貧の漁人だ。あのひとたちには、そんな、一生を安楽に暮せるような土地が、どこにも無いのだ」と低く独りごとのように呟《つぶや》いて、また海辺を静かに歩きつづけたのでしたが、後にもさきにも、あの人と、しんみりお話できたのは、そのとき一度だけで、あとは、決して私に打ち解けて下さったことが無かった。私はあの人を愛している。あの人が死ねば、私も一緒に死ぬのだ。あの人は、誰のものでもない。私のものだ。あの人を他人に手渡すくらいなら、手渡すまえに、私はあの人を殺してあげる。父を捨て、母を捨て、生れた土地を捨てて、私はきょう迄、あの人について歩いて来たのだ。

私は天国を信じない。神も信じない。あの人の復活も信じない。なんであの人が、イスラエルの王なものか。馬鹿な弟子どもは、あの人を神の御子だと信じていて、そうして神の国の福音とかいうものを、あの人から伝え聞いては、浅間しくも、欣喜雀躍《きんきじゃくやく》している。今にがっかりするのが、私にはわかっています。おのれを高うする者は卑《ひく》うせられ、おのれを卑うする者は高うせられると、あの人は約束なさったが、世の中、そんなに甘くいってたまるものか。あの人は嘘つきだ。言うこと言うこと、一から十まで出鱈《でたら》目《め》だ。私はてんで信じていない。けれども私は、あの人の美しさだけは信じている。あんな美しい人はこの世に無い。

私はあの人の美しさを、純粋に愛している。それだけだ。私は、なんの報酬も考えていない。あの人について歩いて、やがて天国が近づき、その時こそは、あっぱれ右大臣、左大臣になってやろうなどと、そんなさもしい根性は持っていない。私は、ただ、あの人から離れたくないのだ。ただ、あの人の傍にいて、あの人の声を聞き、あの人の姿を眺めて居ればそれでよいのだ。そうして、出来ればあの人に説教などを止してもらい、私とたった二人きりで一生永く生きていてもらいたいのだ。あああ、そうなったら！私はどんなに仕合せだろう。私は今の、此の、現世の喜びだけを信じる。次の世の審判など、私は少しも怖れていない。あの人は、私の此の無報酬の、純粋の愛情を、どうして受け取って下さらぬのか。ああ、あの人を殺して下さい。旦那さま。私はあの人の居所を知って居《お》ります。御案内申し上げます。私は、あの人を賤《いや》しめ、憎《ぞう》悪《お》して居ります。私は、きらわれて居ります。私はあの人や、弟子たちのパンのお世話を申し、日日の飢渇から救ってあげているのに、どうして私を、あんなに意地悪く軽蔑するのでしょう。

お聞き下さい。六日まえのことでした。あの人はベタニヤのシモンの家で食事をなさっていたとき、あの村のマルタ奴《め》の妹のマリヤが、ナルドの香油を一ぱい満たして在る石膏《せっこう》の壺をかかえて饗《きょう》宴《えん》の室《へや》にこっそり這入《はい》って来て、だしぬけに、その油をあの人の頭にざぶと注いで御足まで濡らしてしまって、それでも、その失礼を詫《わ》びるどころか、落ちついてしゃがみ、マリヤ自身の髪の毛で、あの人の濡れた両足をていねいに拭《ぬぐ》ってあげて、香油の匂いが室に立ちこもり、まことに異様な風景でありましたので、私は、なんだか無性に腹が立って来て、失礼なことをするな！　と、その妹娘に怒鳴ってやりました。これ、このようにお着物が濡れてしまったではないか。それに、こんな高価な油をぶちまけてしまって、もったいないと思わないか、なんというお前は馬鹿な奴だ。これだけの油だったら、三百デナリもするではないか、この油を売って、三百デナリ儲《もう》けて、その金をば貧乏人に施してやったら、どんなに貧乏人が喜ぶか知れない。無駄なことをしては困るね、と私は、さんざ叱ってやりました。

すると、あの人は、私のほうを屹《き》っと見て、「この女を叱ってはいけない。この女のひとは、大変いいことをしてくれたのだ。貧しい人にお金を施すのは、おまえたちには、これからあとあと、いくらでも出来ることではないか。私には、もう施しが出来なくなっているのだ。そのわけは言うまい。この女のひとだけは知っている。この女が私のからだに香油を注いだのは、私の葬いの備えをしてくれたのだ。おまえたちも覚えて置くがよい。全世界、どこの土地でも、私の短い一生を言い伝えられる処《ところ》には、必ず、この女の今日の仕草も記念として語り伝えられるであろう」そう言い結んだ時に、あの人の青白い頬は幾分、上気して赤くなっていました。私は、あの人の言葉を信じません。れいに依《よ》って大袈《おおげ》裟《さ》なお芝居であると思い、平気で聞き流すことが出来ましたが、それよりも、その時、あの人の声に、また、あの人の瞳の色に、いままで嘗《か》つて無かった程の異様なものが感じられ、私は瞬時戸惑いして、更にあの人の幽《かす》かに赤らんだ頬と、うすく涙に潤《うる》んでいる瞳とを、つくづく見直し、はッと思い当ることがありました。ああ、いまわしい、口に出すさえ無念至極のことであります。

あの人は、こんな貧しい百姓女に恋、では無いが、まさか、そんな事は絶対に無いのですが、でも、危い、それに似たあやしい感情を抱いたのではないか？　あの人ともあろうものが。あんな無智《むち》な百姓女ふぜいに、そよとでも特殊な愛を感じたとあれば、それは、なんという失態。取りかえしの出来ぬ大醜聞。私は、ひとの恥辱となるような感情を嗅《か》ぎわけるのが、生れつき巧みな男でありますます。自分でもそれを下品な嗅覚《きゅうかく》だと思い、いやでありますが、ちらと一目見ただけで、人の弱点を、あやまたず見届けてしまう鋭敏の才能を持って居ります。あの人が、たとえ微弱にでも、あの無学の百姓女に、特別の感情を動かしたということは、やっぱり間違いありません。私の眼には狂いが無い筈だ。たしかにそうだ。ああ、我慢ならない。堪忍ならない。私は、あの人も、こんな体《てい》たらくでは、もはや駄目だと思いました。醜態の極だと思いました。あの人はこれまで、どんなに女に好かれても、いつでも美しく、水のように静かであった。いささかも取り乱すことが無かったのだ。ヤキがまわった。だらしが無え。あの人だってまだ若いのだし、それは無理もないと言えるかも知れぬけれど、そんなら私だって同じ年だ。しかも、あの人より二月《ふたつき》おそく生れているのだ。若さに変りは無い筈だ。

それでも私は堪えている。あの人ひとりに心を捧げ、これ迄どんな女にも心を動かしたことは無いのだ。マルタの妹のマリヤは、姉のマルタが骨組頑丈で牛のように大きく、気象も荒く、どたばた立ち働くのだけが取柄で、なんの見どころも無い百姓女でありますが、あれは違って骨も細く、皮膚は透きとおる程の青白さで、手足もふっくらして小さく、湖水のように深く澄んだ大きい眼が、いつも夢みるように、うっとり遠くを眺めていて、あの村では皆、不思議がっているほどの気高い娘でありました。私だって思っていたのだ。町へ出たとき、何か白絹でも、こっそり買って来てやろうと思っていたのだ。ああ、もう、わからなくなりました。私は何を言っているのだ。そうだ、私は口惜しいのです。なんのわけだか、わからない。地団駄踏むほど無念なのです。あの人が若いなら、私だって若い。私は才能ある、家も畠もある立派な青年です。それでも私は、あの人のために私の特権全部を捨てて来たのです。だまされた。あの人は、嘘つきだ。旦那さま。あの人は、私の女をとったのだ。いや、ちがった！　あの女が、私からあの人を奪ったのだ。ああ、それもちがう。私の言うことは、みんな出鱈目だ。一言も信じないで下さい。

わからなくなりました。ごめん下さいまし。ついつい根も葉も無いことを申しました。そんな浅墓な事実なぞ、みじんも無いのです。醜いことを口走りました。だけれども、私は、口惜《くや》しいのです。胸を掻《か》きむしりたいほど、口惜しかったのです。なんのわけだか、わかりませぬ。ああ、ジェラシィというのは、なんてやりきれない悪徳だ。私がこんなに、命を捨てるほどの思いであの人を慕い、きょうまでつき随《したが》って来たのに、私には一つの優しい言葉も下さらず、かえってあんな賤しい百姓女の身の上を、御類を染めて迄かばっておやりなさった。ああ、やっぱり、あの人はだらしない。ヤキがまわった。もう、あの人には見込みがない。凡夫だ。ただの人だ。死んだって惜しくはない。そう思ったら私は、ふいと恐ろしいことを考えるようになりました。悪魔に魅《み》こまれたのかも知れませぬ。そのとき以来、あの人を、いっそ私の手で殺してあげようと思いました。いずれは殺されるお方にちがいない。またあの人だって、無理に自分を殺させるように仕向けているみたいな様子が、ちらちら見える。私の手で殺してあげる。他人の手で殺させたくはない。あの人を殺して私も死ぬ。

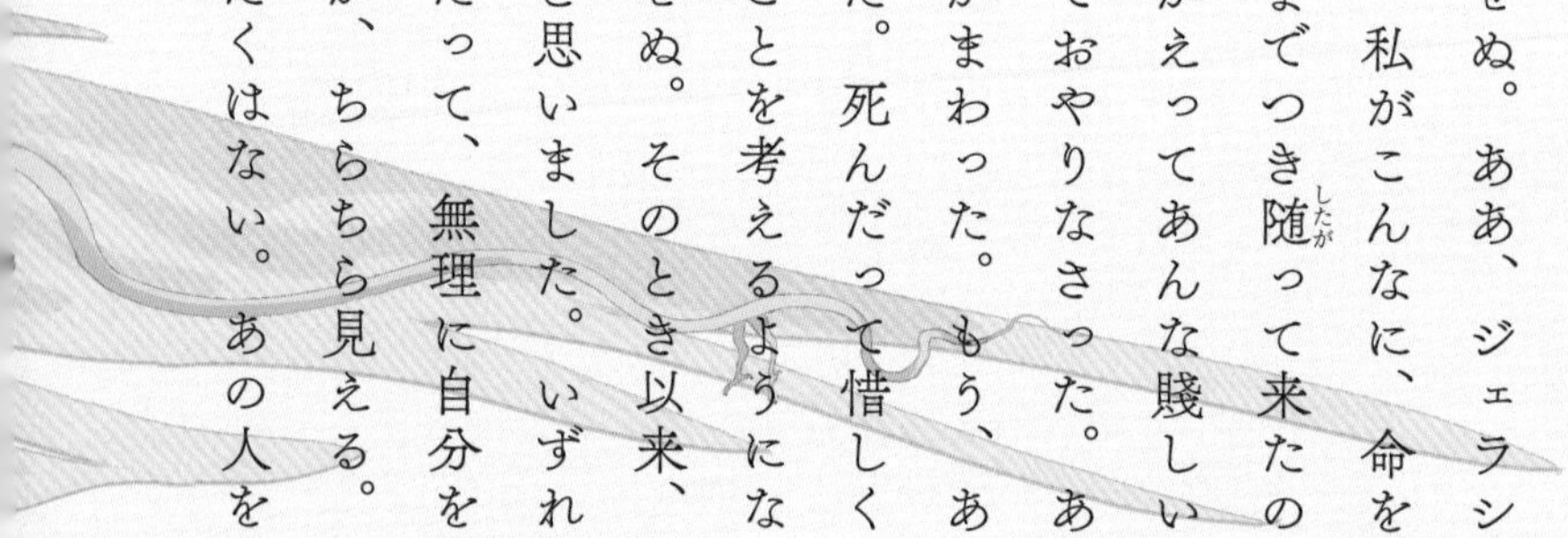

旦那さま、泣いたりしてお恥ずかしゅう思います。はい、もう泣きませぬ。はい、はい。落ちついて申し上げます。そのあくる日、私たちは愈愈《いよいよ》あこがれのエルサレムに向い、出発いたしました。大群集、老いも若きも、あの人のあとにつき従い、やがて、エルサレムの宮が間近になったころ、あの人は、一匹の老いぼれた驢馬《ろば》を道ばたで見つけて、微笑してそれに打ち乗り、これこそは、「シオンの娘よ、懼《おそ》るな、視《み》よ、なんじの王は驢馬《ろば》の子に乗りて来り給う」と予言されてある通りの形なのだと、弟子たちに晴れがましい顔をして教えましたが、私ひとりは、なんだか浮かぬ気持でありました。なんという、あわれな姿であったでしょう。待ちに待った過越《すぎこし》の祭、エルサレム宮に乗り込む、これが、あのダビデの御子の姿であったのか。あの人の一生の念願とした晴れの姿は、この老いぼれた驢馬に跨《またが》り、とぼとぼ進むあわれな景観であったのか。私には、もはや、憐憫《れんびん》以外のものは感じられなくなりました。実に悲惨な、愚かしい茶番狂言を見ているような気がして、ああ、もう、この人も落目だ。一日生き延びれば、生き延びただけ、あさはかな醜態をさらすだけだ。花は、しぼまぬうちこそ、花である。美しい間に、剪《き》らなければならぬ。あの人を、一ばん愛しているのは私だ。どのように人から憎まれてもいい。

一日も早くあの人を殺してあげなければならぬと、私は、いよいよ此《こ》のつらい決心を固めるだけでありました。群集は、刻一刻とその数を増し、あの人の通る道々に、赤、青、黄、色とりどりの彼等の着物をほうり投げ、あるいは棕櫚《しゅろ》の枝を伐《き》って、その行く道に敷きつめてあげて、歓呼にどよめき迎えるのでした。かつ前にゆき、あとに従い、右から、左から、まつわりつくようにして果ては大浪《おおなみ》の如《ごと》く、驢馬とあの人をゆさぶり、ゆさぶり、「ダビデの子にホサナ、讃《ほ》むべきかな、主の御名によりて来る者、いと高き処にて、ホサナ」と熱狂して口々に歌うのでした。ペテロやヨハネやバルトロマイ、そのほか全部の弟子共は、ばかなやつ、すでに天国を目のまえに見たかのように、まるで凱旋《がいせん》の将軍につき従っているかのように、有頂天の歓喜で互いに抱き合い、涙に濡れた接吻を交し、一徹者のペテロなど、ヨハネを抱きかかえたまま、わああ大声で嬉し泣きに泣き崩れていました。その有様を見ているうちに、さすがに私も、この弟子たちと一緒に艱難《かんなん》を冒して布教に歩いて来た、その忍苦困窮の日々を思い出し、不覚にも、目がしらが熱くなって来ました。

かくしてあの人は宮に入り、驢馬から降りて、何思ったか、縄を拾い之《これ》を振りまわし、宮の境内の、両替する者の台やら、鳩売る者の腰掛けやらを打ち倒し、また、売り物に出ている牛、羊をも、その縄の鞭《むち》でもって全部、宮から追い出して、境内にいる大勢の商人たちに向い、「おまえたち、みな出て失せろ、私の父の家を、商いの家にしてはならぬ」と甲高《かんだか》い声で怒鳴るのでした。あの優しいお方が、こんな酔っぱらいのような、つまらぬ乱暴を働くとは、どうしても少し気がふれているとしか、私には思われませんでした。傍の人もみな驚いて、これはどうしたことですか、とあの人に訊ねると、あの人の息せき切って答えるには、「おまえたち、この宮をこわしてしまえ、私は三日の間に、また建て直してあげるから」ということだったので、さすが愚直の弟子たちも、あまりに無鉄砲なその言葉には、信じかねて、ぽかんとしてしまいました。けれども私は知っていました。所詮《しょせん》はあの人の、幼い強がりにちがいない。あの人の信仰とやらでもって、万事成らざるは無しという気概のほどを、人々に見せたかったのに違いないのです。それにしても、縄の鞭を振りあげて、無力な商人を追い廻したりなんかして、なんて、まあ、けちな強がりなんでしょう。

あなたに出来る精一ぱいの反抗は、たったそれだけなのですか、鳩売りの腰掛けを蹴散《けち》らすだけのことなのですか、と私は憫笑《びんしょう》しておたずねしてみたいとさえ思いました。もはやこの人は駄目なのです。破れかぶれなのです。自重自愛を忘れてしまった。自分の力では、この上もう何も出来ぬということを此の頃そろそろ知り始めた様子ゆえ、あまりボロの出ぬうちに、わざと祭司長に捕えられ、この世からおさらばしたくなって来たのでありましょう。私は、それを思った時、はっきりあの人を諦《あきら》めることが出来ました。そうして、あんな気取り屋の坊ちゃんを、これまで一途《いちず》に愛して来た私自身の愚かさをも、容易に笑うことが出来ました。やがてあの人は宮に集る大群の民を前にして、これまで述べた言葉のうちで一ばんひどい、無礼傲慢《ごうまん》の暴言を、滅茶苦茶に、わめき散らしてしまったのです。左様、たしかに、やけくそです。私はその姿を薄汚くさえ思いました。殺されたがって、うずうずしていやがる。

「禍害《わざわい》なるかな、偽善なる学者、パリサイ人よ、汝《なんじ》らは酒杯《さかずき》と皿との外を潔《きよ》くす、然《しか》れども内は貪慾《どんよく》と放縦とにて満つるなり。禍害なるかな、偽善なる学者、パリサイ人よ、汝らは白く塗りたる墓に似たり、外は美しく見ゆれども、内は死人の骨とさまざまの穢《けがれ》とに満つ。斯《かく》のごとく汝らも外は正しく見ゆれども、内は偽善と不法とにて満つるなり。蛇よ、蝮《まむし》の裔《すえ》よ、なんじら争《いか》で、ゲヘナの刑罰を避け得んや。ああエルサレム、エルサレム、予言者たちを殺し、遣《つかわ》されたる人々を石にて撃つ者よ、牝鶏《めんどり》のその雛《ひな》を翼の下に集むるごとく、我なんじの子らを集めんと為《せ》しこと幾度ぞや、然《さ》れど、汝らは好まざりき」馬鹿なことです。噴飯ものだ。口真似するのさえ、いまわしい。たいへんな事を言う奴だ。あの人は、狂ったのです。まだそのほかに、饑饉《ききん》があるの、地震が起るの、星は空より堕《お》ち、月は光を放たず、地に満つ人の死骸《しがい》のまわりに、それをついばむ鷲《わし》が集るの、人はそのとき哀哭《なげき》、切歯《はがみ》することがあろうだの、実に、とんでも無い暴言を口から出まかせに言い放ったのです。なんという思慮のないことを、言うのでしょう。思い上りも甚しい。ばかだ。身のほど知らぬ。いい気なものだ。もはや、あの人の罪は、まぬかれぬ。必ず十字架。それにきまった。

祭司長や民の長老たちが、大祭司カヤパの中庭にこっそり集って、あの人を殺すことを決議したとか、私はそれを、きのう町の物売りから聞きました。もし群集の目前であの人を捕えたならば、あるいは群集が暴動を起すかも知れないから、あの人と弟子たちとだけの居るところを見つけて役所に知らせてくれた者には銀三十を与えるということをも、耳にしました。もはや猶予の時ではない。あの人は、どうせ死ぬのだ。ほかの人の手で、下役たちに引き渡すよりは、私が、それを為《な》そう。きょうまで私の、あの人に捧げた一すじなる愛情の、これが最後の挨拶だ。私の義務です。私があの人を売ってやる。つらい立場だ。誰がこの私のひたむきの愛の行為を、正当に理解してくれることか。いや、誰に理解されなくてもいいのだ。私の愛は純粋の愛だ。人に理解してもらう為の愛では無い。そんなさもしい愛では無いのだ。私は永遠に、人の憎しみを買うだろう。けれども、この純粋の愛の貪慾のまえには、どんな刑罰も、どんな地獄の業火《ごうか》も問題でない。私は私の生き方を生き抜く。身震いするほどに固く決意しました。私は、ひそかによき折を、うかがっていたのであります。

いよいよ、お祭りの当日になりました。私たち師弟十三人は丘の上の古い料理屋の、薄暗い二階座敷を借りてお祭りの宴会を開くことにいたしました。みんな食卓に着いて、いざお祭りの夕餐《ゆうげ》を始めようとしたとき、あの人は、つと立ち上り、黙って上衣《うわぎ》を脱いだので、私たちは一体なにをお始めなさるのだろうと不審に思って見ているうちに、あの人は卓の上の水甕《みずがめ》を手にとり、その水甕の水を、部屋の隅に在った小さい盥《たらい》に注ぎ入れ、それから純白の手巾をご自身の腰にまとい、盥の水で弟子たちの足を順々に洗って下さったのであります。弟子たちには、その理由がわからず、度を失って、うろうろするばかりでありましたけれど、私には何やら、あの人の秘めた思いがわかるような気持でありました。あの人は、寂しいのだ。極度に気が弱って、いまは、無智な頑迷の弟子たちにさえ縋《すが》りつきたい気持になっているのにちがいない。可哀想《かわいそう》に。あの人は自分の逃れ難い運命を知っていたのだ。その有様を見ているうちに、私は、突然、強力な嗚咽《おえつ》が喉《のど》につき上げて来るのを覚えた。矢庭にあの人を抱きしめ、共に泣きたく思いました。

おう可哀想に、あなたを罪してなるものか。あなたは、いつでも優しかった。あなたは、いつでも正しかった。あなたは、いつでも貧しい者の味方だった。そうしてあなたは、いつでも光るばかりに美しかった。あなたは、まさしく神の御子だ。私はそれを知っています。おゆるし下さい。私はあなたを売ろうとして此の二、三日、機会をねらっていたのです。もう今はいやだ。あなたを売るなんて、なんという私は無法なことを考えていたのでしょう。御安心なさいまし。もう今からは、五百の役人、千の兵隊が来たとても、あなたのおからだに指一本ふれさせることは無い。あなたは、いま、つけねらわれているのです。危い。いますぐ、ここから逃げましょう。ペテロも来い、ヤコブも来い、ヨハネも来い、みんな来い。われらの優しい主を護り、一生永く暮して行こう、と心の底からの愛の言葉が、口に出しては言えなかったけれど、胸に沸きかえって居りました。きょうまで感じたことの無かった一種崇高な霊感に打たれ、熱いお詫びの涙が気持よく頬を伝って流れて、やがてあの人は私の足をも静かに、ていねいに洗って下され、腰にまとって在った手巾で柔かく拭《ふ》いて、ああ、そのときの感触は。そうだ、私はあのとき、天国を見たのかも知れない。

私の次には、ピリポの足を、その次にはアンデレの足を、そうして、次に、ペテロの足を洗って下さる順番になったのですが、ペテロは、あのように愚かな正直者でありますから、不審の気持を隠して置くことが出来ず、主よ、あなたはどうして私の足などお洗いになるのです。と多少不満げに口を尖《とが》らして尋ねました。あの人は、「ああ、私のすることは、おまえには、わかるまい。あとで、思い当ることもあるだろう」と穏かに言いさとし、ペテロの足もとにしゃがんだのだが、ペテロは尚《なお》も頑強にそれを拒んで、いいえ、いけません。永遠に私の足などお洗いになってはなりませぬ。もったいない、とその足をひっこめて言い張りました。すると、あの人は少し声を張り上げて、「私がもし、おまえの足を洗わないなら、おまえと私とは、もう何の関係も無いことになるのだ」と随分、思い切った強いことを言いましたので、ペテロは大あわてにあわて、ああ、ごめんなさい、それならば、私の足だけでなく、手も頭も思う存分に洗って下さい、と平身低頭して頼みいりましたので、私は思わず噴き出してしまい、ほかの弟子たちも、そっと微笑《ほほえ》み、なんだか部屋が明るくなったようでした。

あの人も少し笑いながら、「ペテロよ、足だけ洗えば、もうそれで、おまえの全身は潔《きよ》いのだ、ああ、おまえだけでなく、ヤコブも、ヨハネも、みんな汚れの無い、潔いからだになったのだ。けれども」と言いかけてすっと腰を伸ばし、瞬時、苦痛に耐えかねるような、とても悲しい眼つきをなされ、すぐにその眼をぎゅっと固くつぶり、つぶったまま言いました。「みんなが潔ければいいのだが」はッと思った。やられた！　私のことを言っているのだ。私があの人を売ろうとたくらんでいた寸刻以前までの暗い気持を見抜いていたのだ。けれども、その時は、ちがっていたのだ。断然、私は、ちがっていたのだ！　私は潔くなっていたのだ。私の心は変っていたのだ。ああ、あの人はそれを知らない。それを知らない。ちがう！　ちがいます、と喉まで出かかった絶叫を、私の弱い卑屈な心が、唾《つば》を呑《の》みこむように、呑みくだしてしまった。言えない。何も言えない。あの人からそう言われてみれば、私はやはり潔くなっていないのかも知れないと気弱く肯定する僻《ひが》んだ気持が頭をもたげ、とみるみるその卑屈の反省が、醜く、黒くふくれあがり、私の五臓六腑《ろっぷ》を駈《か》けめぐって、逆にむらむら憤怒《ふんぬ》の念が炎を挙げて噴出したのだ。

ええっ、だめだ。私は、だめだ。あの人に心の底から、きらわれている。売ろう。売ろう。あの人を、殺そう。そうして私も共に死ぬのだ、と前からの決意に再び眼覚め、私はいまは完全に、復《ふく》讐《しゅう》の鬼になりました。あの人は、私の内心の、ふたたび三たび、どんでん返しして変化した大動乱には、お気づきなさることの無かった様子で、やがて上衣をまとい服装を正し、ゆったりと席に坐り、実に蒼《あお》ざめた顔をして、「私がおまえたちの足を洗ってやったわけを知っているか。おまえたちは私を主と称《たた》え、また師と称えているようだが、それは間違いないことだ。私はおまえたちの主、または師なのに、それでもなお、おまえたちの足を洗ってやったのだから、おまえたちもこれからは互いに仲好く足を洗い合ってやるように心がけなければなるまい。私は、おまえたちと、いつ迄《まで》も一緒にいることが出来ないかも知れぬから、いま、この機会に、おまえたちに模範を示してやったのだ。私のやったとおりに、おまえたちも行うように心がけなければならぬ。師は必ず弟子より優れたものなのだから、よく私の言うことを聞いて忘れぬようになさい」

ひどく物憂《ものう》そうな口調で言って、音無しく食事を始め、ふっと、「おまえたちのうちの、一人が、私を売る」と顔を伏せ、呻《うめ》くような、歔欷《きょき》なさるような苦しげの声で言い出したので、弟子たちすべて、のけぞらんばかりに驚き、一斉に席を蹴って立ち、あの人のまわりに集っておのおの、主よ、私のことですか、主よ、それは私のことですかと、罵《ののし》り騒ぎ、あの人は死ぬる人のように幽《かす》かに首を振り、「私がいま、その人に一つまみのパンを与えます。その人は、ずいぶん不仕合せな男なのです。ほんとうに、その人は、生れて来なかったほうが、よかった」と意外にはっきりした語調で言って、一つまみのパンをとり腕をのばし、あやまたず私の口にひたと押し当てました。

私も、もうすでに度胸がついていたのだ。恥じるよりは憎んだ。あの人の今更ながらの意地悪さを憎んだ。このように弟子たち皆の前で公然と私を辱《はず》かしめるのが、あの人の之《これ》までの仕来りなのだ。火と水と。永遠に解け合う事の無い宿命が、私とあいつとの間に在るのだ。犬か猫に与えるように、一つまみのパン屑を私の口に押し入れて、それがあいつのせめてもの腹いせだったのか。ははん。ばかな奴だ。旦那さま、あいつは私に、おまえの為《な》すことを速かに為せと言いました。私はすぐに料亭から走り出て、夕闇の道をひた走りに走り、ただいまここに参りました。そうして急ぎ、このとおり訴え申し上げました。

さあ、あの人を罰して下さい。どうとも勝手に、罰して下さい。捕えて、棒で殴って素裸にして殺すがよい。もう、もう私は我慢ならない。あれは、いやな奴です。ひどい人だ。私を今まで、あんなにいじめた。はははは、ちきしょうめ。あの人はいま、ケデロンの小川の彼方《かなた》、ゲッセマネの園にいます。もうはや、あの二階座敷の夕餐《ゆうさん》もすみ、弟子たちと共にゲッセマネの園に行き、いまごろは、きっと天へお祈りを捧げている時刻です。弟子たちのほかには誰も居《お》りません。今なら難なくあの人を捕えることが出来ます。ああ、小鳥が啼《な》いて、うるさい。今夜はどうしてこんなに夜鳥の声が耳につくのでしょう。私がここへ駈《か》け込む途中の森でも、小鳥がピイチク啼いて居りました。夜に囀《さえず》る小鳥は、めずらしい。私は子供のような好奇心でもって、その小鳥の正体を一目《ひと》見《め》たいと思いました。立ちどまって首をかしげ、樹々《きぎ》の梢《こずえ》をすかして見ました。ああ、私はつまらないことを言っています。ごめん下さい。旦那さま、お仕度は出来ましたか。ああ楽しい。いい気持。今夜は私にとっても最後の夜だ。

旦那さま、旦那さま、今夜これから私とあの人と立派に肩を接して立ち並ぶ光景を、よく見て置いて下さいまし。私は今夜あの人と、ちゃんと肩を並べて立ってみせます。あの人を怖《おそ》れることは無いんだ。卑下することは無いんだ。私はあの人と同じ年だ。同じ、すぐれた若いものだ。ああ、小鳥の声が、うるさい。耳について うるさい。どうして、こんなに小鳥が騒ぎまわっているのだろう。ピイチクピイチク、何を騒いでいるのでしょう。おや、そのお金は？　私に下さるのですか、あの、私に、三十銀。なる程、はははは。いや、お断り申しましょう。殴られぬうちに、その金ひっこめたらいいでしょう。金が欲しくて訴え出たのでは無いんだ。ひっこめろ！　いいえ、ごめんなさい、いただきましょう。そうだ、私は商人だったのだ。金銭ゆえに、私は優美なあの人から、いつも軽蔑されて来たのだっけ。いただきましょう。私は所詮、商人だ。いやしめられている金銭で、あの人に見事、復讐《ふくしゅう》してやるのだ。これが私に、一ばんふさわしい復讐の手段だ。ざまあみろ！　銀三十で、あいつは売られる。

私は、ちっとも泣いてやしない。私は、あの人を愛していない。はじめから、みじんも愛していなかった。はい、旦那さま。私は嘘ばかり申し上げました。私は、金が欲しさにあの人について歩いていたのです。おお、それにちがい無い。あの人が、ちっとも私に儲けさせてくれないと今夜見極めがついたから、そこは商人、素速く寝返りを打ったのだ。金。世の中は金だけだ。銀三十、なんと素晴らしい。いただきましょう。私は、けちな商人です。欲しくてならぬ。はい、有難う存じます。はい、はい。

申しおくれました。私の名は、商人のユダ。へっへ。イスカリオテのユダ。

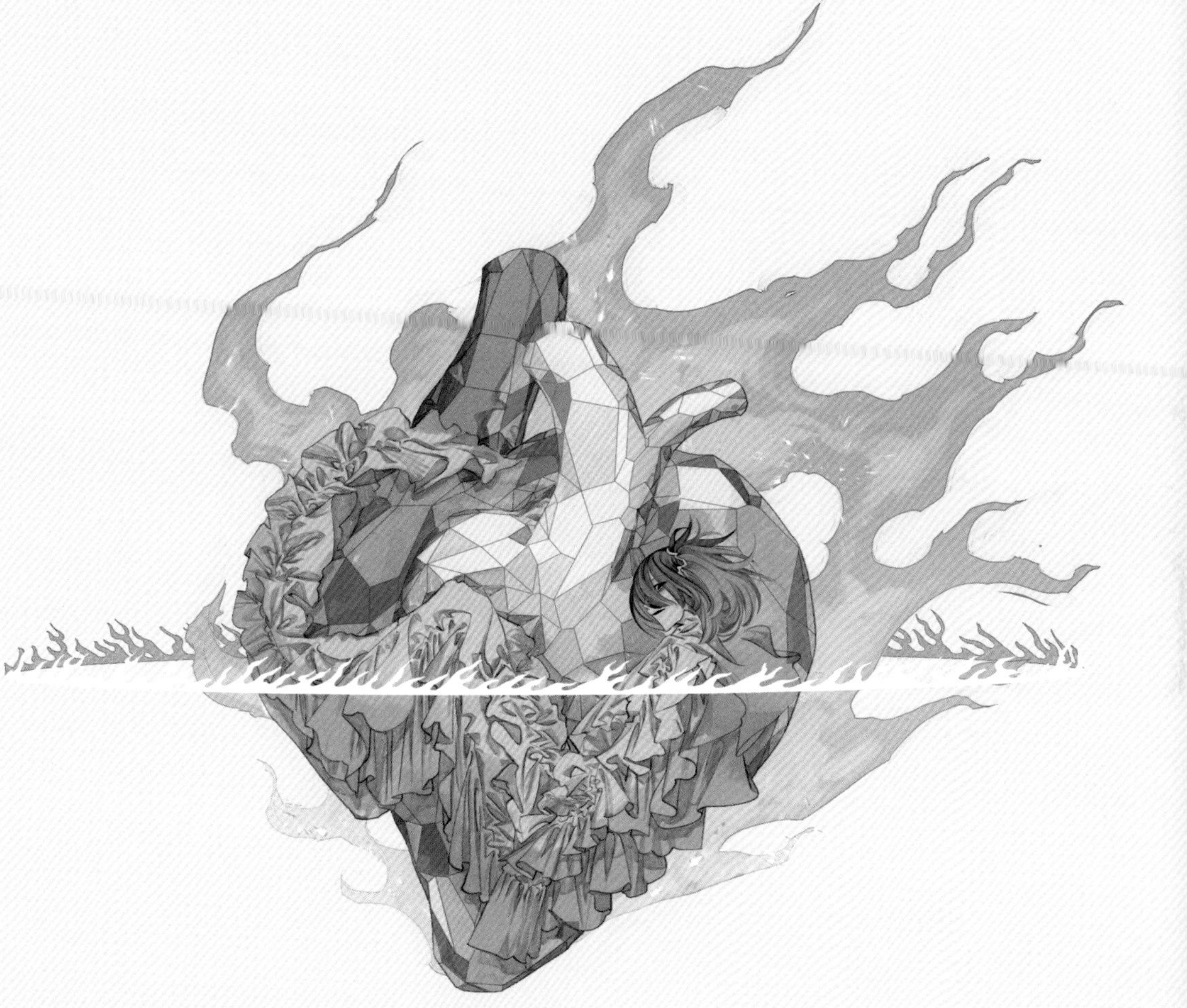

※本書には、現在の観点から見ると差別用語と取られかねない表現が含まれていますが、原文の歴史性を考慮してそのままとしました。

乙女の本棚シリーズ

［左上から］

『女生徒』太宰治 + 今井キラ／『猫町』萩原朔太郎 + しきみ
『葉桜と魔笛』太宰治 + 紗久楽さわ ／『檸檬』梶井基次郎 + げみ
『押絵と旅する男』江戸川乱歩 + しきみ／『瓶詰地獄』夢野久作 + ホノジロトヲジ
『蜜柑』芥川龍之介 + げみ／『夢十夜』夏目漱石 + しきみ
『外科室』泉鏡花 + ホノジロトヲジ ／『赤とんぼ』新美南吉 + ねこ助
『月夜とめがね』小川未明 + げみ ／『夜長姫と耳男』坂口安吾 + 夜汽車
『桜の森の満開の下』坂口安吾 + しきみ／『死後の恋』夢野久作 + ホノジロトヲジ
『山月記』中島敦 + ねこ助／『秘密』谷崎潤一郎 + マツオヒロミ
『魔術師』谷崎潤一郎 + しきみ／『人間椅子』江戸川乱歩 + ホノジロトヲジ
『春は馬車に乗って』横光利一 + いとうあつき／『魚服記』太宰治 + ねこ助
『刺青』谷崎潤一郎 + 夜汽車／『詩集『抒情小曲集』より』室生犀星 + げみ
『Kの昇天』梶井基次郎 + しらこ／『詩集『青猫』より』萩原朔太郎 + しきみ
『春の心臓』イェイツ（芥川龍之介訳）+ ホノジロトヲジ
『鼠』堀辰雄 + ねこ助／『詩集『山羊の歌』より』中原中也 + まくらくらま
『人でなしの恋』江戸川乱歩 + 夜汽車／『夜叉ヶ池』泉鏡花 + しきみ
『待つ』太宰治 + 今井キラ／『高瀬舟』森鷗外 + げみ
『ルルとミミ』夢野久作 + ねこ助／『駈込み訴え』太宰治 + ホノジロトヲジ

全て定価：1980円（本体1800円+税10%）

『悪魔　乙女の本棚作品集』
しきみ
定価：2420円（本体2200円+税10%）

駈込み訴え

2023年6月16日　第1版1刷発行
2024年4月15日　第1版2刷発行

著者　太宰 治
絵　ホノジロトヲジ

編集・発行人　松本 大輔
デザイン　根本 綾子(Karon)
協力　神田 岬
担当編集　切刀 匠

発行：立東舎
発売：株式会社リットーミュージック
〒101-0051 東京都千代田区神田神保町一丁目105番地

印刷・製本：株式会社広済堂ネクスト

【本書の内容に関するお問い合わせ先】
info@rittor-music.co.jp
本書の内容に関するご質問は、Eメールのみでお受けしております。
お送りいただくメールの件名に「駈込み訴え」と記載してお送りください。
ご質問の内容によりましては、しばらく時間をいただくことがございます。
なお、電話やFAX、郵便でのご質問、本書記載内容の範囲を超えるご質問につきましてはお答えできませんので、
あらかじめご了承ください。

【乱丁・落丁などのお問い合わせ】
service@rittor-music.co.jp

Printed in Japan　ISBN978-4-8456-3889-5
定価1,980円(1,800円+税10%)